KB136658

_____ 님께, 드립니다.

하나님이 _____ 를(을) 이처럼 사랑하사 독생자를 주셨으니
이는 그를 믿는 자마다 멸망하지 않고 영생을 얻게 하려 하심이라

매일 성경 일러스트·필사

초판 1쇄 발행 2019년 10월 10일

지은이 박선정
발행인 조상현
마케팅 조정빈
편집인 김주연
디자인 Design IF
펴낸곳 더디퍼런스

등록번호 제 2018-000177 호
주소 경기도 고양시 덕양구 큰골길 33-170
문의 02-712-7927
팩스 02-6974-1237
이메일 thedibooks@naver.com
홈페이지 www.thedifference.co.kr

ISBN 979-11-6125-225-4   03810

독자 여러분의 소중한 원고를 기다리고 있으니 많은 투고 바랍니다 .
이 책은 저작권법 및 특허법에 따라 보호받는 저작물이므로 무단 전재와 무단 복제를 금합니다 .
파본이나 잘못 만들어진 책은 구입하신 서점에서 바꾸어 드립니다 .
책값은 뒤표지에 있습니다 .

Daily
Series

19

매일 성경 일러스트·필사

박선정 지음

말씀 묵상하며 일러스트 따라 그리기

더디퍼런스

프롤로그

파양된 강아지 한 마리를 입양했습니다.
온통 하얀 털을 가진 이 아이는 가족을 잃은 상처 때문인지 작은
소리에도 예민하게 반응하고, 산책하러 나가면 사람을 보고 짖어서
인적 없는 곳을 찾아다녀야 했습니다. 가족이 된지 어느새 3년이
지났지만 여전히 예민하고 잘 짖습니다.
그런데 이 말썽꾸러기 털뭉치와 함께하면서 하나님의 마음이 더
가까이에서 느껴지는 건 왜일까요?

휴지를 다 물어뜯고 아련하게 쳐다보는 강아지가 여전히 예쁘고,
말썽부리고 눈치 보는 까만 눈동자를 보면 웃음부터 나옵니다.
그 모습을 보면서 '하나님도 우리를 볼 때 이러실까?'라는 생각을
합니다.
우리가 무언가를 잘해서가 아닌 있는 그대로의 모습을 품어 주시는
하나님의 사랑을 새삼 깨닫고 감사하게 되는 요즘입니다.

하나님의 사랑은 어떤 특별한 상황에서만 우리에게 주어지는 것이
아니라 봄, 여름, 가을, 겨울 우리가 당연하게 느끼고 지나치는
일상의 사소한 순간에도 늘 함께하신다는 것을 그림과 말씀을 통해
나누고 싶습니다. 성경 말씀을 정성껏 필사하고, 그림을 따라 그리고
색칠하면서 하나님 말씀에 더 깊이, 더 가까이 다가가는 계기가
되기를 소망합니다.

이 글을 쓰는 동안에도 발치에 앉아 낑낑 소리를 내며 저를 쳐다보고
있는 하얀 털뭉치.
끓여 놓은 자신의 닭고기를 빨리 달라고 보채는 중입니다.
"너무 뜨거워서 안 돼. 조금만 기다려"라고 말해 보지만 야속한
눈으로 저를 봅니다.

문득 우리에게 주실 하나님의 축복도 이와 같지 않을까
생각합니다.
하나님은 우리에게 주실 축복을 우리가 데지 않고 잘 소화시킬
수 있도록 적당한 온도를 체크하는 중이지 않을까요? 하나님의
계획과 때를 믿고 기다려서 하나님이 예비하신 축복을 누리는
여러분이 되기를 기도합니다.

마지막으로 낙서와도 같은 그림 몇 장만 보고도 제게 손 내밀어
주신 조상현 대표님과 김주연 실장님, 이 책이 나오기까지
도움 주신 많은 따뜻한 손길들, 그리고 늘 곁에서 응원해 주고,
그림의 영감을 준 나의 가족들에게 마음 깊이 감사의 말을
전하고 싶습니다.

박선정

목차

Part 1 봄 봄빛처럼 따뜻하게 내 마음을 비추는 축복의 말씀

Part 2 여름 뜨거운 한낮에 내리는 소나기처럼 나를 위로하는 말씀

Part 3 가을 무르익은 열매처럼 나를 충만하게 채우는 지혜의 말씀

Part 4 **겨울** 함박눈처럼 펑펑 내리는 은혜의 말씀

이 책의 활용법

무엇보다도 뜨겁게 서로 사랑할지니
사랑은 허다한 죄를 덮느니라
베드로전서 4:8

1
말씀

계절과 어울리는 성경 말씀과
일러스트 함께 묵상하기

† 전도하고 싶은 사람의 이름을 기도하는 마음으로 적고, 그림을 색칠해요.

2
활동

말씀을 묵상하며
그림 자유롭게 색칠하기

이 부분은 성경 말씀 100 구절과 관련된 큐티,
색칠하기, 그리기, 스도쿠 등 재미있고 다양한
활동이 나와요.

사랑하는 자들아
하나님이 이같이 우리를 사랑하셨은즉
우리도 서로 사랑하는 것이 마땅하도다

요한서 4:11

3
필사

빈 공간에 마음을 담아
꾹꾹 말씀 필사하기

4
그림

흐리게 보이는 일러스트
따라 그리며 연습하기

part 1

봄

봄빛처럼 따뜻하게
내 마음을 비추는
축복의 말씀

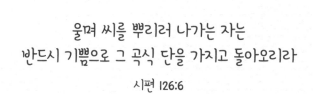

울며 씨를 뿌리러 나가는 자는
반드시 기쁨으로 그 곡식 단을 가지고 돌아오리라

시편 126:6

✝ 믿음이 쑥쑥 자라기 위한 나의 다짐을 적어요.

- _____
- _____
- _____
- _____
- _____
- _____

네가 나를 부를 때에는
나 여호와가 응답하겠고
네가 부르짖을 때에는
내가 여기 있다 하리라

이사야 58:9

나는 포도나무요 너희는 가지라
그가 내 안에, 내가 그 안에 거하면
사람이 열매를 많이 맺나니
나를 떠나서는
너희가 아무 것도 할 수 없음이라

요한복음 15:5

✝ 떠올리는 것만으로도 편안한 곳은 어디인가요? 그림 주변을 그 공간처럼 꾸며요.

네 광주리와 떡 반죽 그릇이 복을 받을 것이며
네가 들어와도 복을 받고 나가도 복을 받을 것이니라

신명기 28:5-6

✝ 하나님께 받고 싶은 축복을 적어요.

사랑하는 자여
네 영혼이 잘됨 같이
네가 범사에 잘되고 강건하기를
내가 간구하노라

요한3서 1:2

평안을 너희에게 끼치노니
곧 나의 평안을 너희에게 주노라
내가 너희에게 주는 것은
세상이 주는 것과 같지 아니하니라
너희는 마음에 근심하지도 말고
두려워하지도 말라

요한복음 14:27

내가 평생토록 여호와께 노래하며
내가 살아 있는 동안 내 하나님을 찬양하리로다

시편 104:33

✝ 좋아하는 찬양 중에서 가장 마음에 와닿는 가사를 적어요.

너희가 온 마음으로 나를 구하면
나를 찾을 것이요 나를 만나리라

예레미야 29:13

사랑하지 아니하는 자는 하나님을 알지 못하나니
이는 하나님은 사랑이심이라

요한서 4:8

그러므로 내가 너희에게 말하노니
무엇이든지 기도하고 구하는 것은 받은 줄로 믿으라
그리하면 너희에게 그대로 되리라

마가복음 11:24

너의 하나님 여호와가 너의 가운데에 계시니
그는 구원을 베푸실 전능자이시라
그가 너로 말미암아 기쁨을 이기지 못하시며
너를 잠잠히 사랑하시며
너로 말미암아 즐거이 부르며
기뻐하시리라 하리라

스바냐 3:17

✝ 당연하게 여기며 감사하지 못했던 것을 적어요.

너희 염려를 다 주께 맡기라
이는 그가 너희를 돌보심이라

베드로전서 5:7

구하는 이마다 받을 것이요 찾는 이는 찾아낼 것이요
두드리는 이에게는 열릴 것이니라

누가복음 11:10

✝ 기도 제목을 적고, 하나님께 기도하는 마음으로 아래 두 글자를 색칠해요.

여호와가 너를 항상 인도하여
메마른 곳에서도 네 영혼을 만족하게 하며
네 뼈를 견고하게 하리니
너는 물 댄 동산 같겠고
물이 끊어지지 아니하는 샘 같을 것이라

이사야 58:11

너희는 들을지어다,
귀를 기울일지어다,
교만하지 말지어다,
여호와께서 말씀하셨음이라

예레미야 13:15

✝ 천국에 갔을 때 하나님께 듣고 싶은 말이 있다면 무엇인가요?

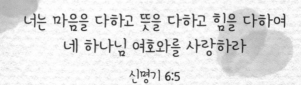

너는 마음을 다하고 뜻을 다하고 힘을 다하여
네 하나님 여호와를 사랑하라

신명기 6:5

✝ 하나님 말씀 중에서 온전하게 순종하지 못한 것이 있다면 무엇인가요?

너는 두려워하지 말라
내가 너를 구속하였고
내가 너를 지명하여 불렀나니
너는 내 것이라

이사야 43:1

✝ 하나님께 감사하는 마음을 담아 말풍선을 채워요.

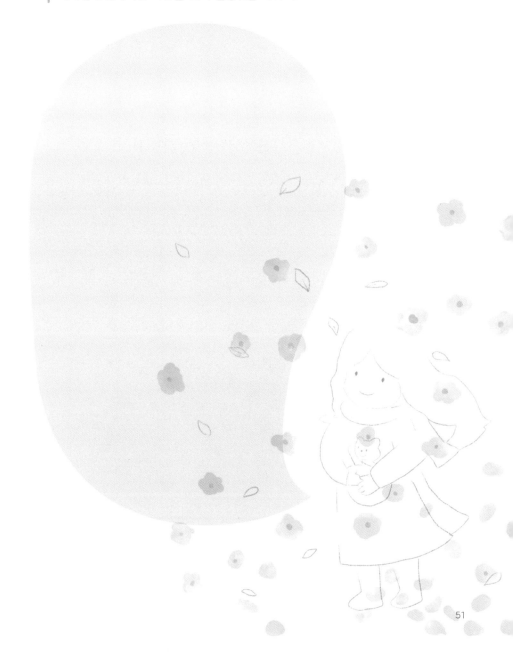

사랑하는 자들아
하나님이 이같이 우리를 사랑하셨은즉
우리도 서로 사랑하는 것이 마땅하도다

요한서 4:11

무엇보다도 뜨겁게 서로 사랑할지니
사랑은 허다한 죄를 덮느니라

베드로전서 4:8

✝ 전도하고 싶은 사람의 이름을 기도하는 마음으로 적고, 그림을 색칠해요.

내가 너로 큰 민족을 이루고
네게 복을 주어
네 이름을 창대하게 하리니
너는 복이 될지라

창세기 12:2

✝ 하나님께서 주신 축복에 감사하는 마음을 담아 색칠해요.

너희가 내 안에 거하고
내 말이 너희 안에 거하면
무엇이든지 원하는 대로 구하라
그리하면 이루리라

요한복음 15:7

✝ 잃어버린 것 중에서 찾고 싶은 게 있다면 무엇인가요?

나는 오직 주의 사랑을 의지하였사오니
나의 마음은 주의 구원을 기뻐하리이다

시편 13:5

내 눈을 돌이켜
허탄한 것을 보지 말게 하시고
주의 길에서 나를 살아나게 하소서

시편 119:37

✝ 보기만 해도 행복해지는 것이 있나요? 무엇인가요?

그런즉 믿음, 소망, 사랑,
이 세 가지는 항상 있을 것인데
그 중의 제일은 사랑이라

고린도전서 13:13

✝ 사랑하는 사람에게 하고 싶은 말을 말풍선에 적어요.

다시는 네 해가 지지 아니하며
네 달이 물러가지 아니할 것은
여호와가 네 영원한 빛이 되고
네 슬픔의 날이 끝날 것임이라

이사야 60:20

✝ 누군가에게 들었던 따듯하고 힘이 되었던 말을 적어요.

part 2

여름

뜨거운 한낮에 내리는
소나기처럼
나를 위로하는 말씀

우리가 환난 중에도 즐거워하나니
이는 환난은 인내를,
인내는 연단을,
연단은 소망을 이루는 줄 앎이로다

로마서 5:3-4

우리가 서로 사랑하면
하나님이 우리 안에 거하시고
그의 사랑이 우리 안에 온전히
이루어지느니라

요한서 4:12

너는 내게 부르짖으라
내가 네게 응답하겠고
네가 알지 못하는 크고 은밀한 일을
네게 보이리라

예레미야 33:3

✝ 가장 가고 싶은 곳은 어디인가요?

오늘 있다가 내일 아궁이에 던져지는 들풀도
하나님이 이렇게 입히시거든
하물며 너희일까보냐

누가복음 12:28

내 영혼아 네가 어찌하여 낙심하며
어찌하여 내 속에서 불안해 하는가
너는 하나님께 소망을 두라

시편 43:5

네가 네 하나님 여호와의 말씀을 삼가 듣고
내가 오늘 네게 명령하는 그의 모든 명령을 지켜 행하면
네 하나님 여호와께서
너를 세계 모든 민족 위에 뛰어나게 하실 것이라

신명기 28:1

✝ 왼쪽에 그림을 색칠하고, 나라를 위한 기도 제목을 적어요.

내 아들아 완전한 지혜와 근신을 지키고
이것들이 네 눈 앞에서 떠나지 말게 하라
그리하면 그것이 네 영혼의 생명이 되며
네 목에 장식이 되리니

잠언 3:21-22

여호와는 나의 목자시니 내게 부족함이 없으리로다
그가 나를 푸른 풀밭에 누이시며
쉴 만한 물 가로 인도하시는도다

시편 23:1-2

✝ 숨은 그림을 찾고 색칠해요.
　(십자가, 물고기, 연필, 종, 장화, 새집, 아이스크림, 사탕, 하트, 달팽이, 새, 음표)

믿음은 바라는 것들의 실상이요
보이지 않는 것들의 증거니

히브리서 11:1

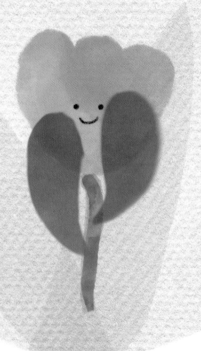

네 길을 여호와께 맡기라
그를 의지하면 그가 이루시고

시편 37:5

내게 능력 주시는 자 안에서
내가 모든 것을 할 수 있느니라

빌립보서 4:13

✝ 오른쪽 나비를 완성하여 친구를 만들어 줘요.

두려워하지 말라 내가 너와 함께 함이라
놀라지 말라 나는 네 하나님이 됨이라
내가 너를 굳세게 하리라 참으로 너를 도와 주리라
참으로 나의 의로운 오른손으로 너를 붙들리라

이사야 41:10

손님 대접하기를 잊지 말라
이로써 부지중에 천사들을
대접한 이들이 있었느니라

히브리서 13:2

그에게 들어가 이르되
은혜를 받은 자여 평안할지어다
주께서 너와 함께 하시도다

누가복음 1:28

강하고 담대하라 두려워하지 말며 놀라지 말라
네가 어디로 가든지 네 하나님 여호와가
너와 함께 하느니라 하시니라

여호수아 1:9

✝ 해결되길 바라는 일이나 기도 제목을 적어요.

소망의 하나님이 모든 기쁨과 평강을
믿음 안에서 너희에게 충만하게 하사
성령의 능력으로 소망이 넘치게 하시기를 원하노라

로마서 15:13

내가 주는 물을 마시는 자는
영원히 목마르지 아니하리니
내가 주는 물은 그 속에서 영생하도록
솟아나는 샘물이 되리라

요한복음 4:14

✝ 물고기를 여러 가지 색으로 칠하고, 주변을 자유롭게 꾸며요.

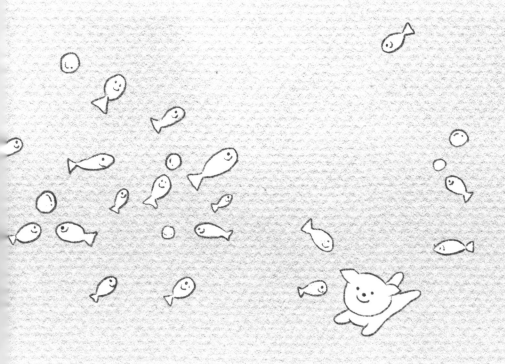

형통한 날에는 기뻐하고
곤고한 날에는 되돌아 보아라

전도서 7:14

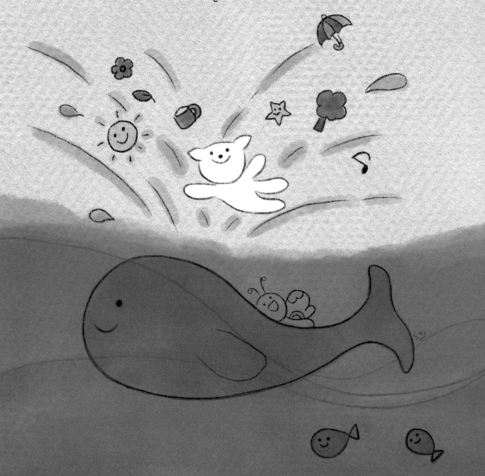

✝ 살면서 기뻤던 일과 힘들었던 일을 각각 적어요.

주의 법을 사랑하는 자에게는
큰 평안이 있으니
그들에게 장애물이 없으리이다

시편 119:165

✝ 믿음이 성장하기 위해 뛰어넘어야 할 장애물이 있다면 뜀틀에 적어요.

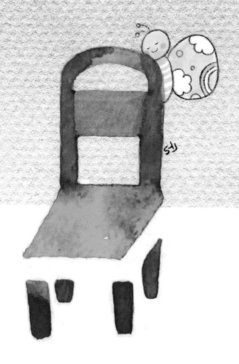

근심하는 자 같으나 항상 기뻐하고
가난한 자 같으나 많은 사람을 부요하게 하고
아무 것도 없는 자 같으나 모든 것을 가진 자로다

고린도후서 6:10

✝ 버려야 할 나의 욕심이나 고집이 있다면 의자에 그리거나 적으며 내려놓아요.

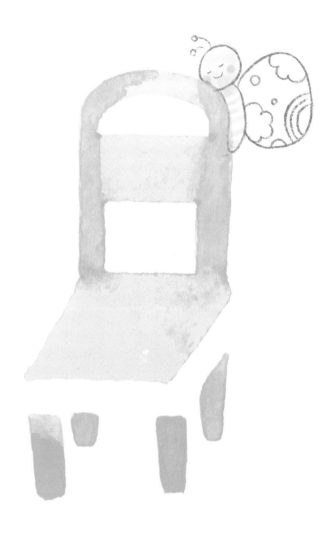

주라 그리하면 너희에게 줄 것이니
곧 후히 되어 누르고 흔들어 넘치도록 하여
너희에게 안겨 주리라
너희가 헤아리는 그 헤아림으로
너희도 헤아림을 도로 받을 것이니라

누가복음 6:38

지쳐 있는 _____ 에게 주고 싶은
아이스크림 만들기

여호와 그가 네 앞에서 가시며 너와 함께 하사
너를 떠나지 아니하시며 버리지 아니하시리니
너는 두려워하지 말라 놀라지 말라

신명기 31:8

나는 여호와를 향하여 말하기를
그는 나의 피난처요 나의 요새요
내가 의뢰하는 하나님이라 하리니

시편 91:2

네 시작은 미약하였으나 네 나중은 심히 창대하리라

욥기 8:7

✝ 작은 새가 하나님의 성전에 도착할 수 있도록 길을 찾아주세요.

내일 일을 위하여 염려하지 말라
내일 일은 내일이 염려할 것이요
한 날의 괴로움은 그 날로 족하니라

마태복음 6:34

part 3

가을

무르익은 열매처럼
나를 충만하게
채우는 지혜의 말씀

우리가 주목하는 것은 보이는 것이 아니요 보이지 않는 것이니
보이는 것은 잠깐이요 보이지 않는 것은 영원함이라

고린도후서 4:18

✝ 편지를 보내고 싶은 사람의 이름을 단풍잎에 적어요.

네 짐을 여호와께 맡기라 그가 너를 붙드시고
의인의 요동함을 영원히 허락하지 아니하시리로다

시편 55:22

✝ 성경 속 인물들을 생각나는 대로 적어요.
그중에서 가장 닮고 싶은 사람은 누구인가요?

노하기를 더디하는 자는 용사보다 낫고
자기의 마음을 다스리는 자는 성을 빼앗는 자보다 나으니라

잠언 16:32

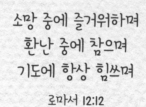

소망 중에 즐거워하며
환난 중에 참으며
기도에 항상 힘쓰며

로마서 12:12

나를 눈동자 같이 지키시고
주의 날개 그늘 아래에 감추사

시편 17:8

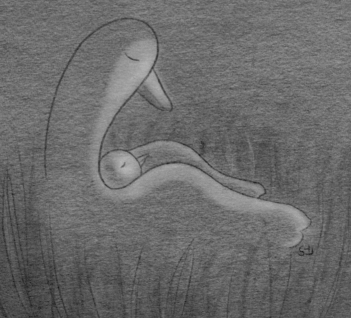

주께서 내 마음에 두신 기쁨은
그들의 곡식과 새 포도주가 풍성할 때보다 더하니이다

시편 4:7

✝ 우리에게 풍성한 과일을 주심에 감사하며 각각 그려 봐요.
(수박, 포도, 사과, 감, 배 등)

철이 철을 날카롭게 하는 것 같이
사람이 그의 친구의 얼굴을 빛나게 하느니라

잠언 27:17

✝ 기억에 남는 친구의 이름을 적고 기도해요.

나는 빛으로 세상에 왔나니
무릇 나를 믿는 자로
어둠에 거하지 않게 하려 함이로라

요한복음 12:46

너희 중에 누구든지 지혜가 부족하거든
모든 사람에게 후히 주시고 꾸짖지 아니하시는
하나님께 구하라
그리하면 주시리라

야고보서 1:5

✝ 하나님을 믿는 나는 이전의 나와 어떻게 달라졌나요?
표정으로 그려 볼까요?

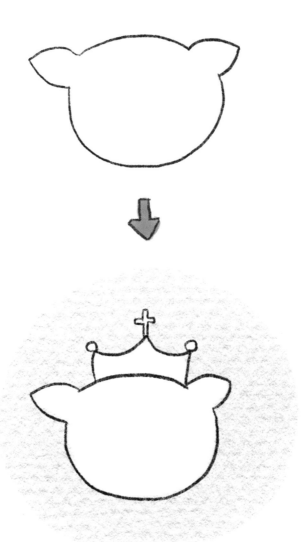

나의 영혼아 잠잠히 하나님만 바라라
무릇 나의 소망이 그로부터 나오는도다

시편 62:5

너희가 여기 내 형제 중에
지극히 작은 자 하나에게 한 것이
곧 내게 한 것이니라 하시고

마태복음 25:40

✝ 누군가를 도와준 경험이 있다면 적어요.

주 여호와는 나의 힘이시라
나의 발을 사슴과 같게 하사
나를 나의 높은 곳으로
다니게 하시리로다

하박국 3:19

주여호와는 나의 _____ 이시라

　　나를 _____ 하시리로다

모든 지킬 만한 것 중에
더욱 네 마음을 지키라
생명의 근원이 이에서 남이니라

잠언 4:23

✝ 내 인생에서 중요한 것은 왼쪽에, 나머지는 오른쪽에 그려요.

내가 간구하는 날에 주께서 응답하시고
내 영혼에 힘을 주어 나를 강하게 하셨나이다

시편 138:3

약한 사람들을 돕고 또 주 예수께서 친히 말씀하신 바
주는 것이 받는 것보다 복이 있다 하심을 기억하여야 할지니라

사도행전 20:35

✝ 우리를 지켜 주시는 하나님의 은혜를 생각하며 우산을 색칠해요.

여호와의 말씀이니라
너희를 향한 나의 생각을 내가 아나니
평안이요 재앙이 아니니라
너희에게 미래와 희망을 주는 것이니라

예레미야 29:11

일어나라 빛을 발하라
이는 네 빛이 이르렀고
여호와의 영광이
네 위에 임하였음이니라

이사야 60:1

내가 너희에게 분부한 모든 것을 가르쳐 지키게 하라
볼지어다 내가 세상 끝날까지
너희와 항상 함께 있으리라 하시니라

마태복음 28:20

✝ 성경에 나오는 장소 중에서 가 보고 싶은 곳이 있다면 어디인가요?

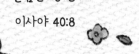

풀은 마르고 꽃은 시드나
우리 하나님의 말씀은 영원히 서리라 하라

이사야 40:8

✝ 좋아하는 성경 구절이 있다면 적어요.

여호와여 주는 나의 등불이시니
여호와께서 나의 어둠을 밝히시리이다

사무엘하 22:29

나를 사랑하는 자들이 나의 사랑을 입으며
나를 간절히 찾는 자가 나를 만날 것이니라

잠언 8:17

너희 빛이 사람 앞에 비치게 하여
그들도 너희 착한 행실을 보고
하늘에 계신 너희 아버지께 영광을 돌리게 하라

마태복음 5:16

✝ 하나님께서 나에게 주신 달란트를 하트 안에 적어요.

현재의 고난은
장차 우리에게 나타날 영광과
비교할 수 없도다

로마서 8:18

✝ 현재 고민이나 걱정이 있다면 이를 적고 기도해요.

우리가 낙심하지 아니하노니
우리의 겉사람은 낡아지나
우리의 속사람은 날로 새로워지도다

고린도후서 4:16

✝ 달라진 그림을 찾고, 그림을 색칠해요.

part 4

겨울

함박눈처럼 펑펑 내리는
은혜의 말씀

감사함으로 그의 문에 들어가며
찬송함으로 그의 궁정에 들어가서
그에게 감사하며 그의 이름을 송축할지어다

시편 100:4

여호와는 나의 빛이요 나의 구원이시니
내가 누구를 두려워하리요
여호와는 내 생명의 능력이시니
내가 누구를 무서워하리요

시편 27:1

오직 그만이 나의 반석이시요
나의 구원이시요 나의 요새이시니
내가 크게 흔들리지 아니하리로다

시편 62:2

✝ 하나님의 사랑처럼 포근한 모자를 좋아하는 색으로 색칠해요.

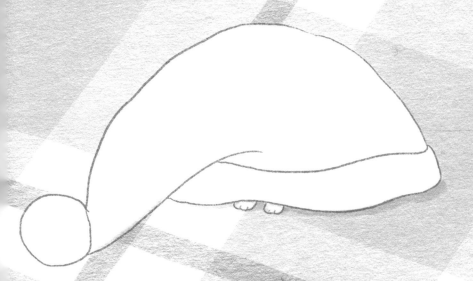

주의 집에 사는 자들은 복이 있나니
그들이 항상 주를 찬송하리이다

시편 84:4

내가 나 된 것은 하나님의 은혜로 된 것이니

고린도전서 15:10

✝ 일 년 동안 고마웠던 누군가를 생각하며 주고 싶은 선물을 그리거나 적어요.

높음이나 깊음이나 다른 어떤 피조물이라도
우리를 우리 주 그리스도 예수 안에 있는
하나님의 사랑에서 끊을 수 없으리라

로마서 8:39

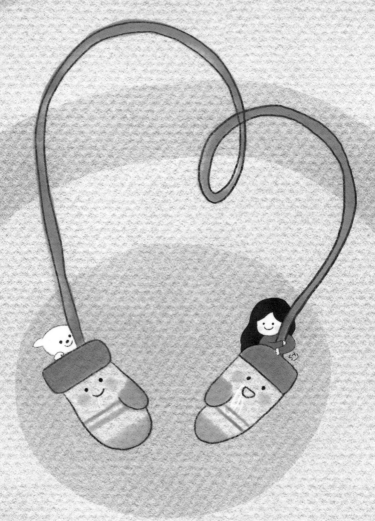

✝ 나의 몸 된 교회 이름을 정성껏 적고, 교회를 위해 기도해요.

범사에 우리 주 예수 그리스도의 이름으로
항상 아버지 하나님께 감사하며

에베소서 5:20

✝ 성탄예배를 함께 드리고 싶은 사람의 이름을 적어요.

아무 것도 염려하지 말고
다만 모든 일에 기도와 간구로,
너희 구할 것을 감사함으로 하나님께 아뢰라

빌립보서 4:6

✝ 하나님 앞에 더 멋진 모습으로 성장하기 위해 달라지고 싶은 나의 다짐을 적어요.

주의 약속은
어떤 이들이 더디다고 생각하는 것 같이 더딘 것이 아니라
오직 주께서는 너희를 대하여 오래 참으사
아무도 멸망하지 아니하고
다 회개하기에 이르기를 원하시느니라

베드로후서 3:9

✝ 성탄절을 축하하는 크리스마스 리스를 내가 원하는 색으로 꾸며요.

주여 이제 내가 무엇을 바라리요
나의 소망은 주께 있나이다

시편 39:7

✝ 부족한 나를 일 년 동안 지켜 주신 하나님께 감사의 마음을 말풍선에 적어요.

여호와께서 주시는 복은
사람을 부하게 하고
근심을 겸하여 주지 아니하시느니라

잠언 10:22

여호와께서 너를 지켜
모든 환난을 면하게 하시며
또 네 영혼을 지키시리로다

시편 121:7

✝ 새해에 바라는 소망을 적어요.

예수께서 이르시되
할 수 있거든이 무슨 말이냐
믿는 자에게는 능히
하지 못할 일이 없느니라 하시니

마가복음 9:23

✝ 일 년 후의 나에게 하고 싶은 말을 적어요.

주를 찬송함과 주께 영광 돌림이
종일토록 내 입에 가득하리이다

시편 71:8

✝ 누군가에게 하고 싶었지만 못한 말이 있다면 말풍선 안에 그리거나 적어요.

내게 주신 모든 은혜를
내가 여호와께 무엇으로 보답할까

시편 116:12

✝ 새해에는 나의 믿음이 더 강건해지기를 바라는 마음으로 믿음 스도쿠를 채워요.
(축복, 은혜, 감사, 예배, 기도, 찬양)

축복		찬양	은혜		예배
은혜	감사		찬양	기도	축복
		축복		찬양	
찬양	예배		감사		은혜
	축복	감사		은혜	
기도	찬양	은혜		예배	감사

주께서 나의 등불을 켜심이여
여호와 내 하나님이 내 흑암을 밝히시리이다

시편 18:28

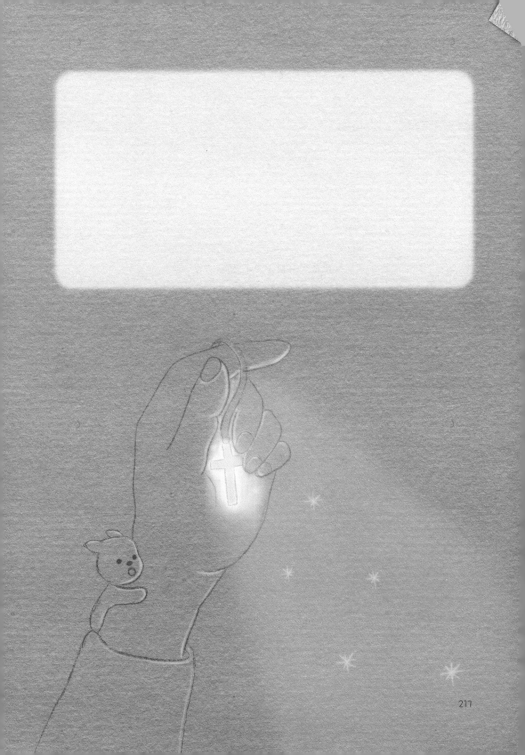

주께서 내게 응답하시고
나의 구원이 되셨으니
내가 주께 감사하리이다

시편 118:21

✝ 한 해를 되돌아보며 내년을 계획해요.

	올해
😊	본 것
🏠	간 곳
🙌	한 것

	내년
😊	보고 싶은 것
🏠	가고 싶은 곳
🙌	하고 싶은 것

주 안에서 항상 기뻐하라
내가 다시 말하노니 기뻐하라

빌립보서 4:4

나의 힘이신 여호와여
내가 주를 사랑하나이다

시편 18:1

우리의 모든 환난 중에서 우리를 위로하사
우리로 하여금 하나님께 받는 위로로써
모든 환난 중에 있는 자들을
능히 위로하게 하시는 이시로다

고린도후서 1:4

너희에게 인내가 필요함은
너희가 하나님의 뜻을 행한 후에
약속하신 것을 받기 위함이라

히브리서 10:36

† 올해 기억에 남는 일을 퍼즐 안에 단어로 적어요.

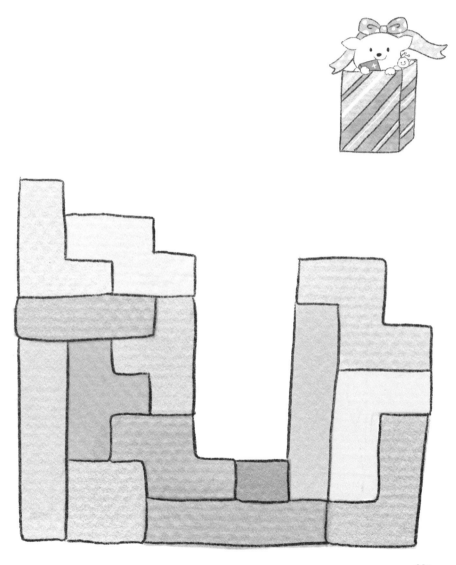

하나님의 능하신
손 아래에서 겸손하라
때가 되면 너희를 높이시리라

베드로전서 5:6

나는 여호와로 말미암아 즐거워하며
나의 구원의 하나님으로 말미암아 기뻐하리로다

하박국 3:18

✝ 나의 마음을 따뜻하게 하는 것들로 방을 꾸며요.

범사에 감사하라
이것이 그리스도 예수 안에서 너희를 향하신
하나님의 뜻이니라

데살로니가전서 5:18

✝ 칭찬하고 싶은 사람이나 고마운 사람의 이름을 스탬프 안에 적어요.

이 모든 일에
우리를 사랑하시는 이로 말미암아
우리가 넉넉히 이기느니라

로마서 8:37